Louis-Octave Uzanne (* 14. September 1851 in Auxerre; † 31. Oktober 1931 in Saint-Cloud) war ein französischer Schriftsteller, Bibliophiler und Verleger kostbarer Bücher. Uzanne verlegte Bücher für einen elitären Kreis von Bibliophilen und arbeitete mit Künstlern wie Félicien Rops, Paul Avril, Félix Vallotton und Albert Robida.

Prof. Dr. Jochen Hörisch (*1951 in Bad Oldesloe) war bis zu seiner Emeritierung Professor für Neuere Germanistik und Medienanalyse in Düsseldorf und Mannheim. In zahlreichen Publikationen sowie Rundfunk- und Fernsehsendungen setzt sich Hörisch kritisch mit kultur- und medienanalytischen Themen auseinander.

Steph von Reiswitz ist eine Künstlerin und Illustratorin mit einer Vorliebe für geheimnisvolle und düster-amüsante Geschichten. Ihre Bilder und Installationen waren sowohl alleine wie auch als Teil des Londoner Künstlerkollektivs LE GUN in zahlreichen Ausstellungen in Europa, den USA, Japan und China zu sehen.. Sie lebt und arbeitet in London.

OCTAVE UZANNE

Das Ende der Bücher

Auszug aus „Geschichten für Bibliophile“, 1894

EM
Z

Es war vor etwa zwei Jahren in London, als eine kleine Gruppe von Bibliophilen und Gelehrten eines Abends, der allen Anwesenden dauerhaft im Gedächtnis bleiben dürfte, die Frage nach dem Ende der Bücher und deren völliger Verwandlung erörterte.

Wir hatten uns an jenem Abend – einem der wissenschaftlichen Freitage der Royal Society – zum Vortrag von William Thomson eingefunden, einem englischen Physiker und Professor an der Universität von Glasgow, der sich in der Alten wie Neuen Welt durch seine Mitwirkung an der Verlegung des ersten transatlantischen Kabels einen Namen gemacht hat.

Vor einer erlesenen Zuhörerschaft aus Wissenschaftlern und Weltmännern hatte er verkündet, dass es rein mathematisch gesehen in genau zehn Millionen Jahren mit dem Erdball und der menschlichen Spezies zu Ende gehen müsse.

Ausgehend von Helmholtz' Theorien, wonach die Sonne eine riesige Kugel ist, die immer kühler wird – genauer gesagt: die wegen der Schwerkraft in dem Maße, in dem sie kühler wird, schrumpft – hatte Sir William zunächst die Sonnenenergie auf 476 000 Millionen Pferdestärken pro Quadratmeter Photosphäre geschätzt und dann ausgeführt, dass sich die Strahlung der Photosphäre alle zweitausend Jahre um ein Hundertstel verringere und man deshalb die Stunde exakt bestimmen könne, zu der die Temperatur nicht mehr ausreicht, um das Leben auf unserem Planeten aufrechtzuerhalten.

Nicht minder überraschte uns der große Physiker mit seiner These zum Alter der Erde, die er als rein mechanisches Problem entwickelte. Er bestimmte dieses Alter auf weniger als 20 Millionen Jahre, entgegen der sonst von Geologen und

Naturforschern vertretenen Ansicht, und wies nach, dass das Leben auf der Erde mit der Geburt der Sonne entstanden sei – was auch immer diesen Leben spendenden Stern selbst hervorgebracht habe: die Explosion einer davor bestehenden Welt oder aber die Kondensation vormals diffuser Nebel.

Tief betroffen von den großen Problemen, deren wissenschaftliche Lösung der Professor aus Glasgow seinem Publikum dargelegt hatte, verließen wir die Royal Society. Uns schmerzten die Köpfe. Wie erschlagen von der Enormität der Zahlen, mit denen er jongliert hatte, gingen wir – eine Gruppe von acht recht unterschiedlichen Persönlichkeiten: Philologen, Historikern, Journalisten, Statistikern und einfach nur wissbegierigen Gentlemen – schweigend und jeweils zu zweit die Albemarle Street und die Piccadilly hinunter.

Einer von uns, Edward Lembroke, überredete uns zu einem Nachtmahl im Junior Athenaeum Club, und kaum hatte der Champagner unsere grüblerischen Gehirne gelockert, unterhielten wir uns angeregt über Thomsons Vortrag und die künftigen Geschicke der Menschheit.

James Wittmore sprach ausgiebig darüber, wie die jungen Kontinente am Ende des nächsten Jahrhunderts die geistige und moralische Vorherrschaft über die alten innehaben würden. Die Alte Welt, so meinte er, werde ihre Allmacht nach und nach verlieren und Amerika an die Spitze des Fortschritts treten.
Auch das noch junge Ozeanien werde sich hervorragend entwickeln, bald seinen Ehrgeiz erkennen lassen und einen der vordersten Plätze im Konzert der Völker einnehmen.
Afrika dagegen, fuhr er fort, dieses noch immer kaum erforschte und

mysteriöse Afrika, wo man fast jeden Tag neue Gebiete von Tausenden Quadratkilometern entdeckt, werde trotz des immensen Reservoirs an Menschen wohl keine herausragende Rolle spielen. Dieser so mühevoll der Zivilisation erschlossene Kontinent werde der prallgefüllte Speicher der anderen Kontinente und – immer wieder von verschiedenen Völkern erobert – Schauplatz eher unbedeutender Dramen sein. Massen an Menschen würden dort, im heftigen Verlangen nach dem Besitz dieser jungfräulichen Erde, aufeinandertreffen, kämpfen und sterben. Zivilisation und Fortschritt aber hielten dort erst in Tausenden von Jahren Einzug, wenn der Wohlstand der Vereinigten Staaten schon wieder abnehme und die Saat des menschlichen Genies durch neue schicksalhafte Entwicklungen auf ein neues Feld falle.

Julius Pollok, ein sanfter Vegetarier und Naturgelehrter, erging sich in Überlegungen zu den Auswirkungen, welche die Chemie und ihre Forschungen auf die menschlichen Sitten hätten. So werde sich nämlich unsere Nahrung dereinst in Form von Pulvern, Sirup, Kügelchen oder Keksen sehr klein dosieren und portionieren lassen. Es gäbe dann keine Bäcker, Metzger oder Weinhändler mehr, keine Restaurants und Feinkostläden, nur ein paar Drogerien, und wir alle wären frei, glücklich und imstande, unsere Bedürfnisse für wenig Geld zu befriedigen. Der Hunger wäre aus der Liste menschlicher Nöte getilgt und die Natur sich selbst zurückgegeben. Die Oberfläche unseres Planeten würde ergrünen, wäre wie ein unermesslicher Garten mit Schattenzonen, Blumen und Wiesen. Die Ozeane glichen riesigen Ziergewässern, auf denen von Schaufelrädern und Schrauben angetriebene Dampfschiffe führen, mit Geschwindigkeiten von fünfzig bis sechzig Knoten und ohne jedes Stampfen oder Schlingern.

Dieser edle Träumer kündigte uns für das Ende des 20. oder den Beginn des 21. Jahrhunderts die Wiederkehr des Goldenen Zeitalters und der primitiven Sitten an, die Auferstehung des antiken Tempe-Tals. Seiner Ansicht nach würden über kurz oder lang die ehrenwerten Ideen der Lady Tennyson triumphieren; die Erde werde dann kein scheußliches Schlachthaus für friedliche Tiere mehr sein, kein unserer Gefräßigkeit geschuldetes Massengrab, sondern ein herrlicher, der Gesundheit und Augenweide dienender Garten.

Das Leben der Tiere wie der Pflanzen werde in diesem wiedergefundenen Paradies geachtet, und überall läsen die darin Lustwandelnden wie in einem Museum der Schöpfung Gottes den Hinweis: „Bitte nicht berühren!“

Dieser idealistische Entwurf unseres Freundes Pollok fand indes nur mäßigen Anklang. Man kreidete ihm eine gewisse Monotonie und ein Übermaß an pantheistischer Religiosität an. Einigen von uns schien es, als würde man sich in diesem wiedererstandenen Eden auf jeden Fall langweilen, und so wurden weitere Champagnergläser geleert, um diese milchige Zukunftsvision auszulöschen, die eher einer Schäferdichtung oder Neuauflage der Georgica glich, mit all ihrem Horror eines inaktiven und kampflosen Lebens.

„Das ist doch reine Utopie!“, rief sogar der Humorist John Pool. „Denn die Tiere, mein lieber Pollok, scheren sich nicht um den chemischen Fortschritt und werden, den unergründlichen Gesetzen der Schöpfung folgend, einander auch weiterhin fressen. Die Fliege wird für die Mikrobe immer der Geier bleiben, und der harmloseste Singvogel für die Fliege immer der Adler. Der Wolf wird sich weiterhin Lammkeulen gönnen und selbst das friedliche Schaf für das Gras wie eh und je der Panther sein. Halten wir uns also an das allgemeine Gesetz der Evolution, und fressen wir weiter, bis wir selber gefressen werden.“

Arthur Blackcross, seines Zeichens Maler und Theoretiker der mystischen, esoterischen und symbolistischen Kunst, ein Feingeist und der Begründer der berühmten „Schule der Ästheten von morgen", wurde gebeten zu erläutern, was er für die Malerei im kommenden Jahrhundert heraufziehen sehe. Ich denke, ich fasse seine Ausführungen mit folgenden Zeilen recht genau zusammen:

„Ist das, was wir die Moderne Kunst nennen, wirklich Kunst? Zeigen nicht vielmehr all jene Künstler ohne Berufung zur Kunst, die diese nur mittelmäßig und mit einem Anschein von Talent ausüben, hinlänglich, dass wir es hier eher mit einem Handwerk zu tun haben, dem es an Originalität ebenso mangelt wie an Visionen? Darf man fünf Sechstel dessen, was alljährlich unsere Salons vollstopft, überhaupt Kunstwerke nennen? Wie viele Maler oder Bildhauer zählen wir noch, die wahre Schöpfer sind?

Wir sehen lauter Kopien: an den modernen Geschmack angepasste Kopien alter Meister; falsche Rekonstruktionen längst vergangener Epochen; banale, mit

photographischem Blick erstellte Kopien der sichtbaren Natur; nicht zuletzt jene scheußlichen, auf akribischen Kopien beruhenden Genreszenen, die Meissonier berühmt gemacht haben. Nichts Neues also! Nichts, was uns aus unserem Menschsein heraustreten lässt! Das jedoch ist der Sinn der Kunst, sei es der Musik, der Poesie oder der Malerei: uns um jeden Preis für einen Augenblick in unwirklichen Sphären schweben zu lassen, eine Art idealistischer Aerosoltherapie.

Mir scheint die Stunde nahe", fuhr Blackcross fort, „in der das Universum gesättigt ist von Gemälden, tristen Landschaften, mythologischen Szenen, Historienschinken, Stillleben und sonstigen Werken. Das wäre jener gesegnete Moment, in dem die Malerei verhungerte. Und vielleicht verstehen die Regierungen dann endlich, welche Torheit sie begingen, als sie die Künste nicht systematisch entmutigten, was praktisch die einzige Möglichkeit ist, sie zu schützen und zu preisen. In einigen Ländern, die zu grundsätzlichen Reformen bereit sind, werden ikonoklastische Ideen gedeihen.

Man wird Museen niederbrennen, damit die frisch erblühenden Genies nicht beeinflusst werden. Man wird alle Art von Banalität verbieten, sprich: die Reproduktion von allem, was uns berührt, was wir sehen und was Illustration, Photographie oder Theater hinreichend ausdrücken können. Die auf ihren Wesenskern reduzierte Kunst aber wird man in jene erhabenen Regionen führen, wo sich unsere Träumereien weiterhin Wege, Gestalten und Symbole suchen.

Die Kunst wird aufgerufen sein, scheinbar nicht vermittelbare Dinge auszudrücken, durch die Palette ihrer Farben in uns musikalische Empfindungen hervorzurufen, unseren Hirnapparat auf jede Art zu reizen, all unsere ästhetischen Begierden in eine herrliche Atmosphäre zu hüllen, all unsere feinsten Sinnesorgane in einem rationalen Akkord zum Klingen zu bringen. Die Kunst wird in die Maschinerie unseres Denkens eingreifen und mit aller Kraft wenigstens einige der Umzäunungen entfernen, in denen unser Geist wie ein Sklave gefangen ist.

Die Kunst wird damit zu einer geschlossenen Aristokratie, ihre Produktion etwas Seltenes, Mystisches, Frommes und hochgradig Persönliches. Diese Kunst hat vielleicht zehn oder zwölf Apostel pro Generation und höchstens an die hundert leidenschaftliche Schüler.

Ansonsten werden die Bedürfnisse der Menschen durch Farbphotographie, Photogravur und dokumentarische Illustration befriedigt sein. Kunstsalons sind verboten, Landschaftsmaler durch die Photomalerei ruiniert, historische Sujets werden von Modellen nachgestellt, die je nach Wunsch des Photographen Schmerz, Erstaunen, Niedergeschlagenheit, Schrecken oder den Tod ausdrücken, kurzum: Die ganze Photomalerei wird eine sehr vielfältige und mechanische Angelegenheit sein, ein ganz neuer Geschäftszweig.

Jedenfalls wird es im 21. Jahrhundert keine Maler mehr geben, abgesehen von ein paar Heiligen, wahren Fakiren des Geistreichen und Schönen, die, von den verständnislosen Massen mit Schweigen bedacht, Meisterwerke schaffen, die diese Bezeichnung auch verdienen."

Arthur Blackcross legte seine Zukunftsvision langsam und minutiös und nicht ohne Erfolg dar, denn unser diesjähriger Besuch der Royal Academy war ebenso unerfreulich gewesen wie jener der zwei großen Basare nationaler Malerei auf dem Champ de Mars und im Palais des Champs-Élysées in Paris.
Wir räsonierten noch eine Weile über die generellen Ansichten, die unser symbolistischer Mitstreiter ausgebreitet hatte, und es war der Begründer der „Schule der Ästheten von morgen" selbst, der unserem Gespräch einen anderen Verlauf gab, indem er sich unvermittelt an mich wandte:

„Nun, lieber Bücherfreund, jetzt sind Sie an der Reihe. Sagen Sie uns, wie es in hundert Jahren um Literatur, Literaten und Bücher bestellt sein wird, wo wir heute Abend schon nach Belieben die Gesellschaft der Zukunft entwerfen und jeder von uns einen hellen Strahl in die Finsternis künftiger Jahrhunderte schickt.

Erhellen auch Sie uns von Ihrem rotierenden Leuchtturm aus, werfen sie ihren Lichtschein an den Horizont."

Es gab ein großes „Ja! Ja!", so drängende wie herzliche Bitten, und da wir in kleiner Runde zusammensaßen, so dass man einander gut beim Denken zuhören konnte, und die Atmosphäre in dieser Ecke des Clubs so warm und angenehm war, zögerte ich nicht, meinen Stegreifvortrag zu halten. Hier ist er:

„Was ich über das Schicksal der Bücher denke, meine lieben Freunde?

Die Frage ist interessant und fasziniert mich umso mehr, als ich sie mir bis zu dieser Stunde unseres Beisammenseins nie gestellt habe. Wenn Sie unter Büchern die unzähligen bedruckten, gefalzten, gebundenen, broschierten Papierbögen verstehen, auf deren Deckel der Titel des Werkes steht, so bekenne ich offen, dass ich nicht glaube – und mir die Fortschritte der Elektrizität und modernen Mechanik zu glauben verbieten –, dass Gutenbergs Erfindung als Medium unserer Geistesprodukte nicht in Bälde außer Gebrauch kommen wird.

Die Druckkunst, die Rivarol so treffend die „Artillerie des Denkens“ nannte, und von der Luther meinte, sie sei das letzte und größte Geschenk, mit dem Gott die Sache des Evangeliums vorantreibe; diese Druckkunst, die das Schicksal Europas so stark beeinflusst und zumindest in den letzten beiden Jahrhunderten unsere Meinungen geprägt hat, sei es per Buch, Broschüre oder Zeitung; diese Druckkunst, die seit 1436 so despotisch über unseren Geist herrscht, scheint mir durch die diversen Tonaufnahmeverfahren, die in letzter Zeit entwickelt wurden und die man noch erheblich perfektionieren wird, vom Tode bedroht.

Trotz der enormen Fortschritte, die in der Drucktechnik nach und nach erzielt wurden, trotz der einfach zu bedienenden Setzmaschinen mit den in beweglichen Matrizen jeweils neu gegossenen Lettern scheint mir doch, dass diese Kunst, in der erst Fust, dann Schöffer, Estienne, Vascosan, Aldus Manutius und Nicolas Jenson brillierten, den Zenit ihrer Perfektion erreicht hat, und dass unsere Enkel ihre Werke nicht mehr diesem altmodischen Verfahren anvertrauen werden, das durch die erst in den Kinderschuhen steckende Phonographie so leicht zu ersetzen ist."

Unter den Freunden und Zuhörern erhob sich ein Durcheinander von Zwischenrufen, manch erstauntes „Oh!", manch ironisches „Aha!" und skeptisches „Hä?", nebst heftigem Widerspruch: „Aber das ist unmöglich! ... Was wollen Sie damit sagen?" Ich hatte einige Mühe, wieder zu Wort zu kommen, um mich in Ruhe zu erklären.

„Lassen Sie mich Ihnen, meine ungestümen Zuhörer, sagen, dass ich meine Ideen umso weniger mit Bestimmtheit vortrage, als sie mitnichten in langer Reflexion gereift sind. Vielmehr präsentiere ich sie Ihnen, wie sie mir gerade in den Sinn kommen, mögen sie auch paradox erscheinen. Doch kaum etwas birgt so viel Wahrheit wie das Paradox, und einige der verrücktesten Prophezeiungen der Philosophen des 18. Jahrhunderts sind heute schon Wirklichkeit.

Ich stütze mich auf die unleugbare Feststellung, dass der Mensch in seiner Freizeit alle Mühe scheut und begierig sucht, was er das Bequeme nennt, mithin jede Gelegenheit, die Anstrengung seiner Organe in Grenzen zu halten.
Sie stimmen mir gewiss zu, dass das Lesen, wie wir es heute praktizieren, schnell

zu starker Ermüdung führt. Es verlangt nicht nur von unserem Gehirn eine anhaltende Aufmerksamkeit, die dort eine erhebliche Menge an Phosphaten verbraucht, sondern zwingt auch unseren Körper in ermüdende Positionen. Die Lektüre einer Zeitung im Großformat der Times etwa erfordert eine gewisse Geschicklichkeit beim Umblättern und Falten der Seiten und überanstrengt unsere Spannmuskulatur, wenn wir die Blätter weit geöffnet halten müssen. Beim Buch wiederum bedeutet die Notwendigkeit, die Bögen einzeln aufzuschneiden und Seite um Seite umzublättern, einen auf Dauer höchst unangenehmen Nervenverschleiß.

Nun verlangt aber die Kunst, anderer Leute Ideen, Gedanken und Frohsinn zu begreifen, eine größere Passivität; deshalb bleibt unser Gehirn in einem Gespräch auch geschmeidiger, aufnahmefähiger, zufriedener und ruhiger als bei der Lektüre, denn Worte, die uns durch den Gehörgang übermittelt werden, versetzen die Zellen in eine spezielle Schwingung, die unser Denken anregt – ein Effekt, den heutige wie schon frühere Physiologen festgestellt haben.

Ich glaube also an den Erfolg von allem, was der menschlichen Bequemlichkeit und Selbstsucht schmeichelt und dienlich ist. Und so, wie der Aufzug das Treppensteigen aus der Welt geschafft hat, wird der Phonograph vermutlich die Druckkunst vernichten.

Unsere Augen sind dazu gemacht, die Schönheiten der Natur zu betrachten und zu spiegeln, und nicht dazu, sich beim Lesen von Texten abzunutzen. Zu lange schon wurden sie missbraucht, und man muss kein Augenarzt sein, um all die Krankheiten zu kennen, die unseren Gesichtssinn beeinträchtigen und uns zwingen, die Hilfsmittel der Optikerkunst in Anspruch zu nehmen.

Unsere Ohren dagegen werden seltener beansprucht. Zwar öffnen sie sich allem Lärm des Lebens, doch sind unsere Trommelfelle davon weniger in Mitleidenschaft gezogen, und so gefällt mir die Vorstellung, dass man bald die Notwendigkeit erkennt, unsere Augen durch unsere Ohren zu entlasten. Es wäre ein nur zu gerechter Ausgleich in unserem allgemeinen Körperhaushalt."

„Sehr gut, sehr gut!" pflichteten mir meine aufmerksamen Kameraden bei, „aber auf die Umsetzung, lieber Freund, sind wir sehr gespannt. Wollen Sie etwa behaupten, man werde Phonographen konstruieren können, die tragbar und leicht und bruchfest genug sind, um ganze Romane aufzuzeichnen, die heutzutage ja gerne vier- bis fünfhundert Seiten umfassen? Auf welche Hartwachszylinder wollen Sie journalistische Artikel und Nachrichten gravieren? Und schließlich: Mit Hilfe welcher Batterien wollen Sie

den Elektromotor dieser künftigen Phonographen am Laufen halten? All das müssen Sie uns schon erklären, und das scheint uns nicht gerade ein leichtes Unterfangen."

„Aber all das wird es geben", fuhr ich fort. „Es wird Aufnahmezylinder geben, die leicht sind wie Zelluloid-Federhalter, mühelos fünf- oder sechshundert Worte aufzeichnen und auf sehr feinen Achsen rotieren – Geräte, die man in die Westentasche stecken kann. Man wird jedes Timbre einer Stimme wiedergeben können, denn man wird diese Geräte so perfektionieren, wie man auch die Präzision der kleinsten und kunstvollsten Uhren erreicht hat. Was nun die Elektrizität anbelangt, so wird man sie oft bei den Menschen selbst finden. Jedermann kann mit Leichtigkeit durch seinen eigenen Strom, der auf geniale Weise gespeichert und geleitet wird, Geräte antreiben, die nicht größer sind als ein Opernglas-Etui und in die Tasche passen oder um Hals oder Schultern hängen.

Was aber das Buch angeht, oder – denn Bücher als solche wird es nicht mehr geben – besser gesagt, den Roman oder den Storyographen, so wird der Autor sein eigener Verleger sein. Um Nachahmungen und Plagiate zu vermeiden, wird er nur vorab beim Patentamt seine Stimme hinterlegen müssen, jeweils die tiefsten und höchsten Töne, und ein paar Mal die gleiche Passage aufnehmen,

damit es davon nachprüfbare Kopien gibt. Ist dieser Anforderung Genüge getan, spricht der Autor sein Werk ein und kann seine patentierten Zylinder selbst verkaufen, die dann per Post an die Hörerschaft geliefert werden.

In dieser ziemlich nahen Zukunft wird man die Literaten nicht länger Schriftsteller nennen, sondern eher Erzähler. Die Vorliebe für pompösen Stil und entsprechende Formulierungen wird allmählich verschwinden, während sich die Kunst des Sprechens in unglaublichem Maße entwickelt. Bestimmte Erzähler werden wegen ihrer Vortragsweise, ihrer Einfühlungsgabe, ihrer ergreifenden Warmherzigkeit oder ihrer perfekten Aussprache und Satzmelodie äußerst gefragt sein.

Die Damen werden über einen Erfolgsautor nicht mehr sagen: ‚Ich liebe seine Art zu schreiben,' sondern mit leicht bebender Stimme seufzen: ‚Oh! Dieser Sprecher hat eine so eindringliche Stimme. Sie bezaubert und berührt. Seine tiefen Töne sind himmlisch, seine Liebesschwüre herzerweichend. Er lässt einen nach dem Anhören seines Werkes völlig aufgewühlt zurück. Er ist ein unvergleichlicher Ohrenschmeichler.'"

Mein Freund James Wittmore unterbrach mich: „Und die Bibliotheken, lieber Bücherfreund, was geschieht mit denen?“

„Die Bibliotheken werden zu Phonographotheken oder zu Phonostereotheken. Ihre Regale werden kleine Fächer haben, die etikettierte Zylinder sämtlicher Werke des menschlichen Schöpfergeistes enthalten. Begehrt sind dann die autophonographierten Ausgaben der gerade besonders beliebten Sprachkünstler. Beispielsweise wird der Molière in der Fassung von Coquelin in aller Munde sein, der Shakespeare von Irving, der Dante von Salvini, der jüngere Dumas von Eleonora Duse, der Victor Hugo von Sarah Bernhardt, der Balzac von Mounet-Sully, so wie auch Goethe, Milton, Byron, Dickens, Emerson, Tennyson, Musset und andere durch ausgewählte Sprecher auf Zylindern zum Klingen gebracht werden.

Bibliophile werden zu Phonographophilen, die rare Aufnahmen sammeln. Sie werden ihre Zylinder, wie ehedem Bücher, in goldverzierte Ledereutis mit symbolischen Ornamenten binden lassen. Auf den Etuis sind die Titel zu lesen, und die kostbarsten Exemplare sind Zylinder mit einmaligen Aufnahmen der Stimme eines Meisters der Theater-, Dicht- oder Tonkunst oder mit unerwarteten oder unveröffentlichten Varianten eines berühmten Werkes.

Die witzigen unter den Erzählern werden die Komik des Alltagslebens bezeugen, indem sie, als orchestrierten sie die Natur, belanglose Gespräche mit Geräuschen anreichern oder ironisieren: mit Jauchzern in einer vergnügten Runde etwa oder mit ausländischen Akzenten. Anklänge an den Marseiller oder Auvergner Dialekt werden die Franzosen ebenso amüsieren, wie der irische Zungenschlag oder jener der Westküstenbewohner die Amerikaner an der Ostküste zum Lachen bringt.

Autoren ohne Gespür für den schönen Vortrag und die dafür nötige Satzmelodik werden die Hilfe von Auftragsrednern, Schauspielern oder Sängern in Anspruch nehmen müssen, um ihre Werke auf Zylindern speichern zu können. Heute haben wir Sekretäre und Kopisten, künftig wird es Phonisten oder Sprecher geben, die jene Sätze vortragen, die ihnen von den Schöpfern der Literatur diktiert werden.

Die Zuhörer werden den Zeiten nicht nachtrauern, in denen sie Leser hießen. Ihre wachen Blicke, ihre erfrischten Gesichter und ihre zufriedene Gelassenheit bezeugen die Wohltat eines kontemplativen Lebens.
Auf dem Sofa liegend oder sich im Schaukelstuhl wiegend, genießen sie stillvergnügt und neugierig die erstaunlichen Abenteuer, die ihnen die Zylinder zu Gehör bringen. Ob zu Hause, auf der Promenade oder bei Spaziergängen durch sehenswerte und malerische Orte: Die glücklichen Hörer werden das unbeschreibliche Vergnügen haben, Ertüchtigung und Bildung vereinen zu können, gleichzeitig Muskeln und Geist zu nähren, denn natürlich gäbe es Phono-Operagraphen im Taschenformat, die bei Wanderungen in den Alpen oder durch die Canyons des Colorado River von Nutzen sind."

„Ihr Traum ist sehr aristokratisch", warf der Humanist Julius Pollok ein. „Die Zukunft wird ohne Zweifel demokratischer sein. Ich sähe es gern, so muss ich Ihnen gestehen, wenn das gemeine Volk mehr profitierte."

„Das wird es, mein sanfter Poet", fuhr ich heiter fort und führte meine Zukunftsvision weiter aus. „Dem Volk wird es in dieser Hinsicht an nichts fehlen. Es wird sich an Literatur wie an klarem Wasser betrinken können, und ebenso günstig, denn es wird in den Straßen Literatur-Versorgungsstellen geben wie es dort heute Brunnen gibt. An allen Kreuzungen einer Stadt werden kleine Gebäude stehen, an denen ringsum Hörschläuche für wissbegierige Passanten angebracht sind, jeweils mit einem bestimmten Werk, das sich auf Knopfdruck abspielen lässt. Außerdem gibt es Bibliotheksautomaten, deren Mechanismus durch das Gewicht eines eingeworfenen Pennys in Gang gesetzt wird, und die einem zu diesem bescheidenen Preis die Werke von Dickens, dem älteren Dumas oder Longfellow in Form von Zylindern ausgeben, die man mit nach Hause nehmen kann.

DICKENS
DUMAS
NICHOLAS NICKLEBY
LES TROIS MOUSEQUETAIRES
LE COMTE DE MONTECRISTO
OLIVER TWIST
LA TULIPE NOIRE
BARNABY RUDGE
GEORGES

Ich gehe sogar noch weiter: Der Autor, der seine Werke nach Art der mittelalterlichen Troubadoure selbst verwerten möchte und Freude daran hat, sie persönlich an den Haustüren feilzubieten, könnte daraus einen bescheidenen, aber auf jeden Fall einträglichen Gewinn ziehen, indem er allen Bewohnern eines Gebäudes gleich mehrere Hörschläuche vermietet, die von seinem Hörbauchladen, einer Art um den Hals hängenden Orgel, ausgehen und durch die geöffneten Fenster zu den Ohren dieser Mieter führen, denen nach Zerstreuung in einem Moment der Muße oder nach Aufheiterung in einem Moment der Einsamkeit gelüstet.

Vier oder fünf Cents pro Stunde würden, das müssen Sie zugeben, auch Menschen mit schmalem Geldbeutel nicht ruinieren, und der vagabundierende Autor könnte dank der Vielzahl der Hörer in jedem Haus eines Viertels beträchtliche Einnahmen erzielen.

Ist das alles? Keineswegs! Der künftige Phonographismus wird unsere Enkel in allen Lebenslagen begleiten. Jeder Tisch eines Restaurants wird mit phonographischen Werken bestückt sein, desgleichen öffentliche Verkehrsmittel, Wartesäle, Dampferkabinen. In Hotellobbys und -zimmern werden den Reisenden Phonographotheken zur Verfügung stehen. Eisenbahnen werden ihre Salonwagen durch rollende Bibliotheken ersetzen, eine Art Pullman-Fahrbüchereien, die den Reisenden die zurückgelegten Entfernungen vergessen lassen und es seinem Auge erlauben, die vorbeiziehende Landschaft zu bewundern.

Auf die technischen Details dieser neuartigen Vermittlung menschlichen Denkens, dieser Vervielfältigung menschlicher Sprache, vermag ich nicht näher einzugehen. Doch seien Sie versichert, dass das Buch bei allen Bewohnern dieses Erdballs ausgedient haben und der Buchdruck bedeutungslos geworden sein wird, sieht man einmal von den Diensten ab, die er im Handel und in privaten Beziehungen noch leisten mag. Doch wer weiß, ob die bis dahin weiterentwickelte Schreibmaschine nicht auch diesen Bedürfnissen Genüge tun wird."

„Und was machen Sie mit den Tageszeitungen? Mit der in England und Amerika so bedeutenden Presse?"

„Seien Sie unbesorgt. Die Presse folgt der allgemeinen Entwicklung, denn die Neugier des Publikums wird noch wachsen. Schon bald wird man sich nicht mehr mit gedruckten und mehr oder weniger korrekt wiedergegebenen Interviews zufrieden geben. Man wird den Interviewten hören, dem Vortrag des beliebten Redners lauschen, das Lied der Stunde kennenlernen, die Stimmen der Diven genießen wollen, die am Vorabend ihr Debüt feierten.

Die Stimmen der ganzen Welt finden sich dann gebündelt auf den Zelluloidzylindern, die den Abonnenten von der Post jeden Morgen zugestellt werden. Den Dienern und Zimmermädchen wird es zur Aufgabe werden, diese Zylinder auf die beidseitig aufgehängte Achse der Abspielgeräte zu schieben und dem Herrn oder der Dame des Hauses gleich nach dem Aufstehen die neusten Nachrichten zu servieren: Telegramm-Mitteilungen aus dem Ausland, Börsenkurse, unterhaltsame Artikel, Berichte vom Vortag. All dies wird man in noch halb verschlafenem Zustand und von der Wärme des Kopfkissens umfangen hören können.

PHONOGRAPHOTHEK

Natürlich wird sich auch der Journalismus selbst verändern. Bedeutende Ereignisse werden jungen Männern mit kräftiger Stimme und eindringlichcm Timbre vorbehalten sein, deren Redekunst eher die Aussprache als die Wortwahl oder Satzgestaltung betrifft. Der literarische Mandarin-Kult wird verschwinden, der Wortdrechsler nur noch eine winzige Zuhörerschaft finden. Künftig kommt es darauf an, schnell, mit wenigen Worten und ohne Kommentar informiert zu werden.

In jedem Zeitungsbüro wird es große Sprechsäle geben, in denen Redakteure die frisch eingetroffenen Nachrichten einlesen, während die telefonisch eingehenden Depeschen mittels eines ausgeklügelten Aufnahmegeräts im Innern des Telefonhörers unmittelbar aufgezeichnet werden. Die so entstandenen Zylinder werden unverzüglich in großer Zahl vervielfältigt und noch vor drei Uhr morgens in kleine Dosen verpackt und in die Post gegeben, falls die Zeitung nicht gar durch eine besondere Standleitung direkt zum Haus der Abonnenten geliefert wird, wie es bereits bei den Theatrophonen der Fall ist.“

Jetzt sah William Blackcross, der liebenswerte Kritiker und Ästhet, der meinen Fantastereien bis dahin ohne einen Mucks gelauscht hatte, den Moment gekommen, mir auf den Zahn zu fühlen: „Erlauben Sie mir die Frage“, sagte er, „wie Sie die Illustrationen in den Büchern ersetzen wollen? Der Mensch, dieses ewige große Kind, wird auf Bilder nicht verzichten und Abbildungen jener Dinge sehen wollen, die er sich vorstellt oder von denen man ihm erzählt.“

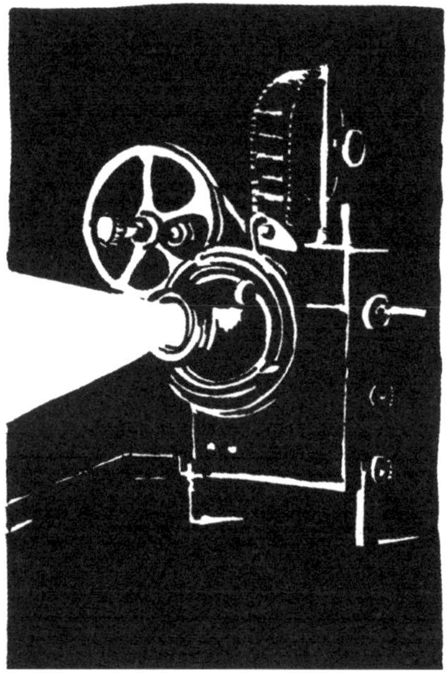

„Ihr Einwand“, fuhr ich fort, „bringt mich keineswegs aus dem Konzept. Illustrationen wird es reichlich geben und zwar so realistische, dass noch die Anspruchsvollsten damit zufrieden sein werden. Eventuell übersehen Sie nämlich eine der größten künftigen Entdeckungen, die uns schon bald in Staunen versetzen wird. Ich spreche von Thomas Edisons Kinetographen, dessen ersten Prototypen ich unlängst in Orange-Park zu sehen bekam, als ich diesen großen Elektriker in New Jersey besuchte.

Der Kinetograph nimmt die Bewegung des Menschen auf und gibt sie mit jener Exaktheit wieder, mit welcher der Phonograph die menschliche Stimme aufnimmt und wiedergibt. In fünf oder sechs Jahren werden Sie alle dieses Wunderwerk zu schätzen wissen, das auf der Aneinanderrcihung photographischer Schnappschüsse basiert. Der Kinetograph wird der Illustrator des täglichen Lebens werden, und wir werden seine Produkte nicht nur in dem üblichen kleinen Kasten zu sehen bekommen. Vielmehr wird man die sich bewegenden Personen mittels eines Systems von Scheiben und Spiegeln bei uns zu Hause in Farbe auf weiße Leinwände projizieren können. Szenen aus fiktionalen Werken und Abenteuerromanen werden von kostümierten Personen pantomimisch dargestellt. Zudem wird es, als Ergänzung zur phonographischen Zeitung, tägliche Illustrationen geben, gewissermaßen frisch aus der Aktualität

herausgelöste Ausschnitte des tätigen Lebens. Man wird neue Bühnenstücke, das Theater und die Darsteller selbst sehen können, wie man sie jetzt schon zu Hause hören kann; man wird die Gesichter, oder besser noch, die bewegten Physiognomien von berühmten Männern, von Verbrechern oder hübschen Frauen sehen. Das ist zwar nicht gerade Kunst, aber doch das wahre Leben: natürlich, ungeschminkt, klar, präzise und meistens grausam.

Ich wiederhole, meine Freunde, dass ich hier nur ungewisse Möglichkeiten andeute. Wer – und sei es der Scharfsinnigste unter uns – kann sich schon rühmen, die Kunst der Weissagung zu beherrschen? Die Schriftsteller von heute, so sagte bereits der ehrenwerte Balzac, sind die Handlanger einer Zukunft, die hinter einem bleiernen Vorhang verborgen ist. Wenn Voltaire und Rousseau das gegenwärtige Frankreich sähen, fiele es ihnen gewiss schon schwer genug, sich jene zwölf Jahre von 1789 bis 1800 vorzustellen, die Napoleons Herrschaft vorbereiteten.

Es ist daher offensichtlich", sagte ich zum Abschluss meines vagen Blicks in die Zukunft der Geisteswelt, „dass jene Produkte meiner Phantasie auch unabsehbare dunkle Seiten haben müssen. Wie sich die Zahl der Augenärzte durch die Erfindung des Journalismus vervielfacht hat, so wird die künftige Phonographie die Zahl der Ohrenärzte erhöhen; man wird Mittel und Wege finden, alle Empfindlichkeiten des Ohres festzustellen und mehr Ohrenkrankheiten zu benennen, als tatsächlich existieren, doch hat es noch keinen Fortschritt gegeben, der nicht auch neue Schwächen in uns zum Vorschein gebracht hätte. Um jedoch auf unser eigentliches Thema zurückzukommen: Ich glaube, dass Bücher, sofern ihnen ein Schicksal beschieden ist, dieses Schicksal recht bald erleiden werden. Das gedruckte Buch ist im Begriff, zu verschwinden. Spüren Sie denn nicht, dass allein seine heutigen Exzesse schon vom bevorstehenden Ruin künden? Nach uns das Ende der Bücher!“

Meine Scherzrede, die eigentlich nur zur Erheiterung unserer Abendgesellschaft gedacht war, hatte bei meinen gnädigen Zuhörern gewissen Erfolg. Sogar die größten Skeptiker meinten, meine spontanen Vorhersagen könnten hier und da ein Fünkchen Wahrheit enthalten, und John Pool stieß auf freudige Zustimmung, als er beim allseitigen Verabschieden rief:

„Entweder müssen die Bücher verschwinden oder uns verschlingen. Ich habe kurz einmal überschlagen, dass alljährlich auf der ganzen Welt wohl achtzig- bis hunderttausend Bücher neu erscheinen. Das macht bei einer durchschnittlichen Auflage von etwa tausend Stück insgesamt einhundert Millionen Exemplare, die größtenteils absurde Verrücktheiten und Hirngespinste enthalten und nichts weiter verbreiten als Vorurteile und Irrtümer. Durch unseren sozialen Stand sind wir ohnehin gezwungen, uns täglich jede Menge Dummheiten anzuhören; da kommt es auf ein paar mehr oder weniger nicht an. Doch was für ein Glück wäre es, sie nicht mehr lesen zu müssen und endlich über die Nichtigkeiten der Druckwerke hinwegsehen zu können!“

Oder, wie unser großer Will Shakespeare seinen Hamlet so treffend sagen lässt: „Words, words, words!“ Worte! …Worte, die vergehen und die man nicht mehr lesen wird.

Nachwort

von Jochen Hörisch

Das Genie und der Ingenieur bilden ein zweieiiges Zwillingspaar. Beide verdanken ihre Berufs- bzw. Berufungsbezeichnung dem Umstand, dass sie etwas Neues generieren, hervorbringen, erschaffen: Das Genie generiert dichtend, komponierend oder malend unerhörte Werke, die allerdings einen Nachteil aufweisen – sie sind nur fiktiv. Was in einem Roman erzählt wird, in einer Oper erklingt, auf einem Bild zu sehen ist, gibt es nicht in der Weise wirklich wie andere Dinge, Sachverhalte und Ereignisse.

Die gemalte Pfeife ist keine Pfeife, sondern Element eines Bildes; Tristan und Isolde sterben auf der Bühne nicht tatsächlich; Wilhelm Meisters Bildungsgang ist nicht der einer leibhaftigen Person. Diesem Manko genialer Fiktionen hilft der Ingenieur ab. Was er generiert, ist nicht nur eine reizvolle Einbildung, sein Produkt ist alltagstauglich und für praktische Zwecke einsetzbar. Hölderlin kann poetisch Verbindungen zwischen getrenntesten Bergen beschwören, Ingenieure aber können ein Telefon erfinden, das tatsächlich Kommunikation über größte Entfernungen hinweg ermöglicht.

Das Jahr 1895 hat in der Mediengeschichte eine prominente Position. Denn in ihm erblickt eine Ingenieursleistung das Licht der Welt, die enge Beziehungen zur Sphäre des genial Eingebildeten unterhält. Die Brüder Lumière faszinieren ihre Zeitgenossen mit der Erfindung des Films, die zur selben Zeit in der Erfindung des Automobils eine starke Entsprechung findet. Die Moderne macht mobil; aus Träumen von Genies werden funktionierende Ingenieursprodukte. In eben diesem Jahr 1895 veröffentlichen zwei so klassisch gebildete wie technikaffine Pariser Schriftsteller ein Buch mit dem harmlos klingenden Titel *Contes pour les bibliophiles / Geschichten für Bibliophile:* Octave Uzanne und Albert Robida.

Uzanne, 1851 in eine wohlhabende Familie hineingeboren und in der Pariser Kulturszene der Belle Epoque um 1900 bestens vernetzt, macht sich als leidenschaftlicher Bibliophiler und Herausgeber einschlägiger Zeitschriften einen Namen. Kein Geringerer als Mallarmé grüßt ihn in seinem 1920 erschienenen Lyrikband *Vers de circonstance* – „Je vous salue, Octave Uzanne", lautet eine Zeile. Uzanne ist ein Zeitgenosse, der in all seiner Widersprüchlichkeit für Gesprächs- und Lektürestoff sorgt: Er ist Dandy und Antisemit, unverheirateter Frauenbewunderer (mit Obsession für Damenfächer) und Misogyn (mit Sympathie für die Frauenemanzipation), er ist erregt von Texten und von weiblichen Textilien, ist Alteuropäer und Freund der Neuen US-Welt, Reaktionär und Fan moderner Medientechnik.

1893 reist er zur Weltausstellung nach Chicago, trifft dort den Präsidenten Grover Cleveland und den Erfinder Thomas Edison, der ihn mit seinem jüngsten, kurz vor der Produktreife stehenden Coup vertraut macht: dem „Kinetographen." Der Liebhaber prächtiger Bücher ist elektrisiert. Schon die rasante Entwicklung der damals neuen Medien Photographie, Telegraphie, Phonographie und Telephonie hat er so irritiert wie gebannt zur Kenntnis genommen; nun sorgt die Kinematographie vollends für das Ende der Gutenberg-Galaxis. Gerade weil Uzanne biblioman ist, kann er zu den wenigen Köpfen zählen, die sich mit Prognosen nicht blamieren. Die Graphie-Medien des neunzehnten Jahrhunderts werden, so Uzanne, mit neuen elektrischen Medien Symbiosen eingehen; es wird Radio, Fernsehen, Walkmen und Smartphones geben, die zu ständigen Begleitern, gar zum Bestandteil moderner Menschen werden.

Das Phänomen Elektrizität hat nicht nur Uzanne in den Bann geschlagen. Der 1848 als Sohn eines Tischlers geborene Albert Robida wird zum begeisterten Propheten des unter Strom stehenden 20. Jahrhunderts. Früh schon hat er sich als Multitalent einen Namen gemacht. Er ist erfolgreicher Karikaturist, pointen-freudiger Journalist und ein bemerkenswerter Science-Fiction-Autor, der

mit einer in den 1880er-Jahren vorgelegten Trilogie über *Das zwanzigste Jahrhundert (Le Vingtième Siècle/1883), Der Krieg im zwanzigsten Jahrhundert (La Guerre au vingtième siècle/1887)* und *Das elektrische Leben (La vie électrique/1890)* Aufsehen erregt.
Der von den Möglichkeiten der Elektrizität faszinierte Futurologe Albert Robida versieht das Buch des Bibliophilen Octave Uzanne mit pointierten Illustrationen. Selbstredend werden die Geschichten für Bibliophile in bibliophiler Ausstattung und auch in einer auf dreißig Exemplare limitierten Luxusausgabe präsentiert. Sie, verehrte Leserin, verehrter Leser, nein: verehrte Hörerin, verehrter Hörer, hören nun ein Hörbuch, von dem prägnant und präzise ein Buch träumt, das 1895 erschienen ist.

Der Rahmen, in dem die These vom Ende des Buches hier entfaltet wird, ist eindringlich. Eine Gruppe heller Köpfe aus vielen wissenschaftlichen, sozialen und ästhetischen Sphären, allesamt Bibliophile, hat in London dem Vortrag des seinerzeit hochberühmten, mit Helmholtz zusammenarbeitenden Astrophysikers William Thomson zugehört, der sich über Fachkreise hinaus „in der Alten wie Neuen Welt durch seine Mitwirkung an der Verlegung des ersten transatlantischen Kabels einen Namen gemacht hat.“ In seinem Vortrag geht es aber nicht um diese medientechnische Errungenschaft, sondern um die Zukunft des allergrößten Ganzen: nämlich um die Frage, wie lange es Sonne und Erde noch geben wird. Zehn Millionen Jahre, so Thomson, habe die Erde mitsamt ihren menschlichen Bewohnern noch vor sich – aus heutiger Sicht ist das astrophysikalisch zu knapp, was uns Menschen angeht wohl aber allzu großzügig kalkuliert.

Der futurologische Vortrag inspiriert die bibliophilen Hörer dazu, in geselliger Runde auch Prognosen für ihre jeweiligen Sphären zu wagen. Es werde agrochemische Innovationen geben, die die Menschheit vom Hunger befreien, künstliche Nahrung werde sich verbreiten, komplementär dazu aber würden immer mehr Menschen Naturfreunde, Tierschützer und Vegetarier werden – so lautet eine bemerkenswerte Prophezeiung. Die bildende Kunst werde angesichts der photographischen Konkurrenz nicht mehr auf Realismus setzen, sondern immer abstrakter werden, sie werde ins Zeitalter der unendlichen Reproduzierbarkeit eintreten – auch keine Vorhersage, die man im Nachhinein verlachen muss.

Zuletzt und am ausführlichsten aber kommt der Bücherfreund zu Wort. Die Anordnungsstruktur des Textes ist subtil: Er wendet sich zuerst dem ganz großen Buch der Welt bzw. des Kosmos zu, problematisiert dann die Bücher der Natur, der ästhetischen Schöpfung, der Geschichte und des Lebens – um sich alsbald dem Buch der Bücher, aber eben nicht der Bibel, sondern dem Buch als dem tradierten Schlüsselmedium schlechthin zuzuwenden. Und dieser Stehgreifvortrag hat es in sich. Denn der Bibliophile ist nicht vor Liebe blind. Er erweist sich vielmehr als äußerst nüchterner, funktional argumentierender und kritischer Liebhaber.

Auffallend ist gleich zu Beginn seiner Improvisation, dass er die gängige humanistische Verklärung der Drucktechnologie nicht mitmacht. Zwar zitiert er das Wort des Gutenbergfreaks Luther, das gedruckte Buch sei das letzte und größte Geschenk Gottes, um die Sache des Evangeliums voranzutreiben. Doch dieses Zitat ist eingebettet in den von Medienhistorikern wie Paul Virilio und Friedrich Kittler scharf herausgestellten Umstand, dass die uns alltäglich vertraute Medientechnik fast immer ein Abfallprodukt von Militärtechnik ist.

Napoleons Obsession für die Telegraphie war bereits dem deutschen Dichter Christian Dietrich Grabbe aufgefallen, der 1831 das Stück *Napoleon oder Die hundert Tage* veröffentlichte; Telegraphen und den Stress beschleunigter Kommunikation thematisiert auch schon Goethes Altersroman *Wilhelm Meisters Wanderjahre.* Ohne den militärischen Funk gäbe es nach dem Ersten Weltkrieg keinen Rundfunk, ohne die Radartechnologie nach dem Zweiten Weltkrieg kein Fernsehen. Turings Dechiffriermaschine, die im Zweiten Weltkrieg die legendäre deutsche Chiffriermaschine Enigma knackte, gibt entscheidende Impulse für die Entwicklung der Computertechnologie; das Arpanet des US-Militärs ist die Urform des Internets; und noch die Hifi-Stereophonie ist, wie die Beatles wussten, als sie Sergeant Pepper huldigten, ein Abfallprodukt der U-Boot-Ortungstechnologie. Im vollendeten Medienzeitalter gilt: we all live in a yellow submarine, wir sind medial an unsere Umwelten an- und von ihnen abgekoppelt.

Wer glaubt, das Medium Druck sei von solchen militärischen Kontexten und Vibrationen frei, muss sich vom Bibliophilen Octave Uzanne eines Besseren belehren lassen. Der Bücherfreund zitiert gleich zu Beginn seiner Improvisation das Wort des französischen Schriftstellers Antoine de Rivarol, die Druckkunst sei die „Artillerie des Denkens", sie beherrsche seit Gutenberg „despotisch unseren Geist". Seltsame Worte aus dem Mund eines Bibliophilen. Kein Wunder, dass seine intelligenten Zuhörer ihn mit „oh"- und „hä"-Lauten unterbrechen, als er verkündet, dass alle Fortschritte der Drucktechnologie seit Gutenberg nichts am antiquierten Charakter dieses Mediums ändern werden. Er grundiert seine Prognose mit einem aufschlussreichen anthropologischen Hinweis: Wer liest, muss seine Hände arbeiten, nämlich ein Buch halten und Seiten umblättern lassen, vor allem aber muss er seine Augen strapazieren und Kurzsichtigkeit riskieren. Lesen lernen ist bekanntlich ein außerordentlich aufwendiger Prozess, der an eine jahrelange Schulpflicht gebunden ist. Hören lernen ist hingegen ein quasi automatisch ablaufender Vorgang; das Ohr kann man anders als das Auge nicht einmal verschließen. Da Menschen nach Bequemlichkeit und Entlastung strebende Wesen sind, liegt es nahe, von aufwendiger Lektüre auf entspanntes Hören umzuschalten.

Wie soll das denn gehen, fragen die Zuhörer, die große Wachswalzen und Hörtrichter vor Augen haben, wenn sie an Phonographen und Plattenspieler denken. Die Antwort ist frappant: die Elektrotechnik ermögliche kleine Batterie-Speicher, die mit der Miniaturisierung des Speichermediums für gesprochene Texte einhergehe. Und es folgt eine in Wortneuprägungen verliebte Suada, die „Phonisten", also Profisprecher, als Nachfolgefiguren von Sekretären und Kopisten vorstellt, die „Phonographophile" als die klügeren Bibliophilen bewertet und die aus Bibliotheken „Phonographotheken" und „Phonostereotheken" hervorgehen lässt. Für die neuen miniaturisierten Audiomedien spricht auch, dass „die glücklichen Hörer … das unbeschreibliche Vergnügen haben werden, Ertüchtigung und Bildung vereinen zu können, gleichzeitig Muskeln und Geist zu nähren, denn natürlich gäbe es Phono-Operagraphen im Taschenformat, die bei Wanderungen in den Alpen oder durch die Canyons des Colorado River von Nutzen sind." Der alte römische Spruch „mens sana in corpore sano" erhält medientechnische Unterstützung; ein gesunder Geist kann beim Joggen seinen Körper stärken und sich von klugen Worten aus dem Walkman oder Smartphone animieren lassen.

Und jeder könne sich das leisten – das individuelle auditive Medium sorgt für Demokratieschübe. Dazu trägt auch bei, dass jeder Leser Autor bzw. „Storyograph" werden kann. Jeder hat das Recht und die technische Möglichkeit, seiner Stimme Geschichten und Botschaften anzuvertrauen und diese zu speichern und zu senden. Die großen Torhüter vor dem Zugang zur Gutenberg-Galaxis – die Verleger, Lektoren, Redakteure – werden arbeitslos; denn jeder kann mitreden und mitbestimmen. Und so wird das auditive auch ein orales Zeitalter werden; schöne und einschmeichelnde Stimmen werden im Zentrum kultischer Verehrung stehen und für gute Stimmung sorgen.

Bei allem präzisen Überschwang bleibt Uzanne denn doch ab und an zurückhaltend. Er vergleicht zwar erhellend den Zugang zu den Medienströmen mit dem zum Leitungswasser und spielt damit auf den alten Sinn des Wortes Medium an, das ja auch als Synonym für die Elemente in Umlauf war. Dass Medieninhalte aber durch die Luft fliegen, kann selbst Uzanne sich noch nicht vorstellen. Seine Zukunftsvision sieht vor, dass Datenträger (Wachswalzen) mit den neusten gesprochenen Nachrichten per Post- oder Zeitungsbote zugestellt werden.

Octave Uzanne starb 1931, hat also bereits erleben können, wie Funk und Rundfunk seine Prophezeiung locker überbieten. Streamingdienste, wie sie heute der Produktion materieller Tonträger den Garaus machen, hat selbst Uzanne nur ansatzweise für möglich gehalten – etwa in der Phantasie, dass Großstadtpassanten in Pavillons zu Hörschläuchen greifen können, die ihnen auf Knopfdruck jedes gewünschte literarische bzw. musische Werk, aber auch neuste Nachrichten und Börsenkurse liefern können.

Die feuchtfröhlich in Zukunftsphantasien schwelgende Runde ist aus leicht nachvollziehbaren Gründen amüsiert über die buchkritischen Perspektiven, die der Bibliophile entwirft. Der bleibt übrigens sachlich, wenn er auf den ungewissen Status seiner wie jeder prophetischen Rede verweist: „Ich wiederhole, meine Freunde, dass ich hier nur ungewisse Möglichkeiten andeute. Wer – und sei es der Scharfsinnigste unter uns – kann sich schon rühmen, die Kunst der Weissagung zu beherrschen?"

Ausdrücklich charakterisiert er seine Improvisation als „Scherzrede". Aber es handelt sich offensichtlich bzw. unüberhörbar um recht ernste Scherze – auch deshalb, weil es ihm um das Ende des Buches als Zentralgestirn des alten Mediensystems und nicht um das Ende der vielen Bücher geht. Vielmehr, so das Paradox, das am Ende des Textes bedacht wird, muss man zur Kenntnis nehmen, dass „alljährlich auf der ganzen Welt wohl achtzig- bis hunderttausend Bücher neu erscheinen. Das macht bei einer durchschnittlichen Auflage von etwa tausend Stück insgesamt einhundert Millionen Exemplare, die größtenteils absurde Verrücktheiten und Hirngespinste enthalten und nichts weiter verbreiten als Vorurteile und Irrtümer."

Und nun wird der Texte scharf und verletzend, er kommt auch nicht mehr aus dem Mund des Bibliophilen, sondern eines seiner Zuhörer: „Doch was für ein Glück wäre es, sie [diese viel zu vielen Bücher, J.H.] nicht mehr lesen zu müssen und endlich über die Nichtigkeiten der Druckwerke hinwegsehen zu können! Oder, wie unser großer Will Shakespeare seinen Hamlet so treffend sagen lässt: ‚Words, words, words!' Worte! ...Worte, die vergehen und die man nicht mehr lesen wird."

Der alte Spruch ‚Scripta manent, verba volant' (Das Geschriebene bleibt, die gesprochenen Worte verfliegen) kann Aug in Aug mit dem Stand der Wissenschaft und der Medientechnologie um 1900 neu verstanden werden. Da alles sich stets und immer schneller ändert, ist es ein Vorteil, wenn altes Wissen und alte Wahrheiten, die zu Pseudowissen und Pseudowahrheiten geworden sind, nicht gespeichert werden.

Auch in dieser Hinsicht liegt der Essay prognostisch richtig. Geht es ihm doch nicht um das Ende der vielen gedruckten Bücher, sondern um das Ende des Buches als autoritatives Zentralmedium. Bücher wird es weiterhin geben – gemäß der gut belegbaren Einsicht der Medienhistoriker, dass neue Medien alten Medien kaum je endgültig den Garaus gemacht haben. Das Theater spielt auch nach der Erfindung des Kinos weiter auf den Brettern, die die Welt bedeuten; das Kino überlebt den Siegeszug des Fernsehens; das Fernsehen hört auch im Internetzeitalter nicht auf zu senden.

Aber diese und andere alte Medien (wie die Tagespresse, die Zeitschriften, die Schallplatten etc.) erhalten im neuen Mediensystem einen neuen, in aller Regel exzentrischen Platz. Sie können nicht mehr ernsthaft den Anspruch erheben, ein zentrales Leitmedium zu sein. Vielmehr werden sie an den Rand des jeweils aktuellen Mediensystems gedrängt. Man geht nicht mehr zum Maler, um sich realistisch porträtieren zu lassen – das kann die Photographie besser. Fans der Langspielplatte lassen sich nicht von Streamingdiensten beeindrucken. Hausmusik ist auch im 21. Jahrhundert nicht verboten. Aber die höhere Tochter, die Beethovens Pathétique spielen kann, wird im Internetzeitalter zu einer exzentrischen Erscheinung. Wenn sie klug beraten ist, wird auch sie über einen Internetanschluss, ein Smartphone und die Einsicht verfügen, dass diese Mediengeräte zwar bedeutend leichter, aber in einem präzisen Sinne gewichtiger sind als ihr Steinway-Flügel, dem sie unter Einsatz ihrer virtuosen Finger Töne entlockt, welche höher sind denn alle Vernunft.

Octave Uzannes futuristischer Essay *Das Ende der Bücher* ist in seiner souveränen, selbstkritischen Heiterkeit das Weltkind in der Mitten zwischen kulturkritischen Klagen über den Verfall der Buchkultur und einem Zweckoptimismus, der das alte Medium Buch zum Forever-Young-Medium erklärt. Es zeugt von der Wachheit eines Menschen, der gerade als Liebhaber des alten Mediums Buch weiß, dass der jeweilige Stand der Medientechnik ein historisches Apriori für Kultur, Wissenschaft, Politik, ja für alle gesellschaftlichen Systeme ist – und für unsere Lebenswelt sowieso.

gek. 8.8.2023 und gelesen

Das vollständige Nachwort von Jochen Hörisch können sie mittels dieses QR-Codes herunterladen.

ISBN: 978-3-96849-001-4

Die Favoritenpresse ist ein Imprint der Verlagsagentur Bodo von Hodenberg.

Übersetzung aus dem Französischen: Marcus Seibert
Lektorat: Dominik Fehrmann

Gestaltung: Steph von Reiswitz - stephvonreiswitz.com

Druck vermittelt durch couleurs Print & More GmbH - couleurs-print.com

Mehr Informationen zum Verlagsprogramm: favoritenpresse.de

Es erscheint ein Hörbuch im Argon-Verlag mit der ISBN 978-3-8398-1891-6